Marcel Proust

À la recherche du temps perdu

Un amour de Swann

VOLUME I

Adaptation et dessins

Stéphane Heuet

DELCOURT

Remerciements

La Société des Amis de Marcel Proust et sa Secrétaire Générale, Mireille Naturel,
Le Cercle Littéraire Proustien de Cabourg-Balbec et son président, Jean-Paul Henriet,
Nicole Dauxin et Séverine Courtaud,
Sinichi Saiki, auteur de "Paris dans le roman de Proust", (Éditions SEDES, 1996),
Daniel Couty, Pierre Henriot, Gérard Prosper,
Marine Charlin, David Moreau,
François Lelièvre, Jean-Baptiste Heuet,
Jean Poupon, Pierre Malvache, Stanislas Brezet,
Florence Forestier et la maison Hermès,
Suzel Pietri, Sandrine Bosman et la société Orbis-Média.

Dans la même série
Tome 1 : Combray
Tome 2 : À l'ombre des jeunes filles en fleurs - volume 1
Tome 3 : À l'ombre des jeunes filles en fleurs - volume 2
Tome 4 : Un amour de Swann - volume 1

Dépôt légal : décembre 2006. I.S.B.N. : 2-84789-321-0
Première édition.

Conception graphique : Trait pour Trait

Achevé d'imprimer en novembre 2006
sur les presses de l'imprimerie Lesaffre, à Tournai, Belgique.

www.editions-delcourt.fr

DEUXIÈME PARTIE

Un amour de Swann

VOLUME I

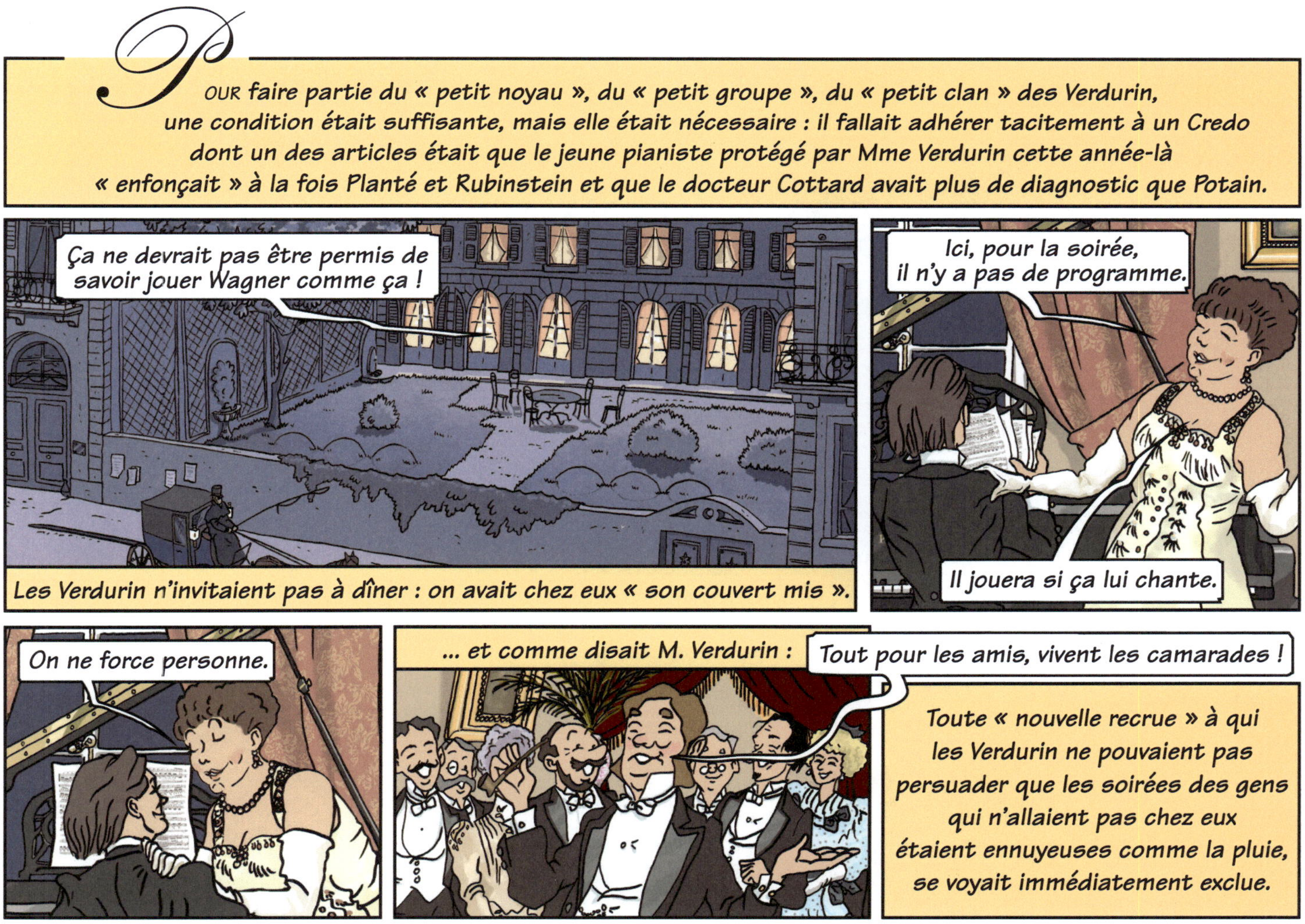

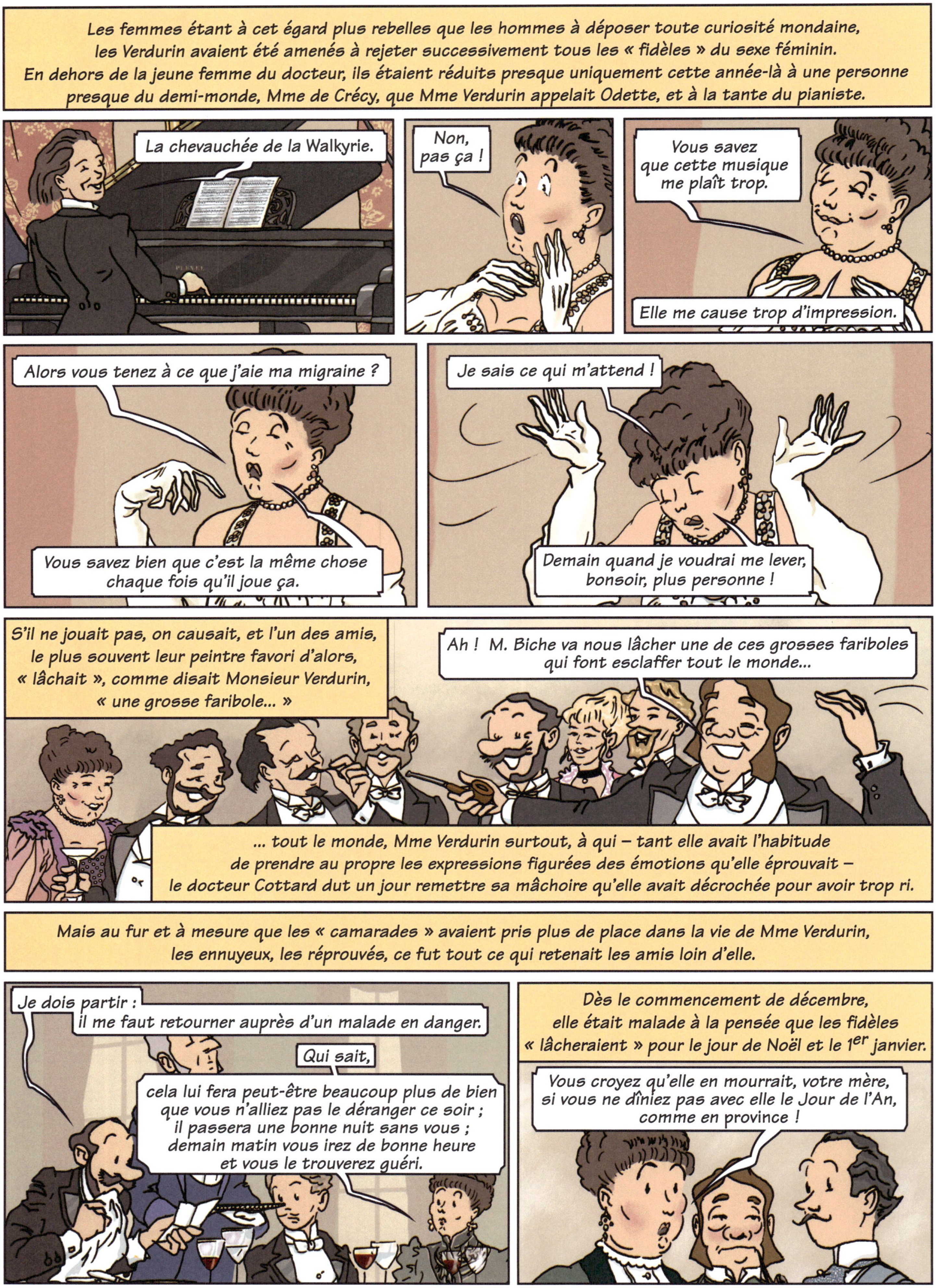
Les femmes étant à cet égard plus rebelles que les hommes à déposer toute curiosité mondaine, les Verdurin avaient été amenés à rejeter successivement tous les « fidèles » du sexe féminin. En dehors de la jeune femme du docteur, ils étaient réduits presque uniquement cette année-là à une personne presque du demi-monde, Mme de Crécy, que Mme Verdurin appelait Odette, et à la tante du pianiste.
La chevauchée de la Walkyrie.
Non, pas ça !
Vous savez que cette musique me plaît trop.
Elle me cause trop d'impression.
Alors vous tenez à ce que j'aie ma migraine ?
Vous savez bien que c'est la même chose chaque fois qu'il joue ça.
Je sais ce qui m'attend !
Demain quand je voudrai me lever, bonsoir, plus personne !
S'il ne jouait pas, on causait, et l'un des amis, le plus souvent leur peintre favori d'alors, « lâchait », comme disait Monsieur Verdurin, « une grosse faribole... »
Ah ! M. Biche va nous lâcher une de ces grosses fariboles qui font esclaffer tout le monde...
... tout le monde, Mme Verdurin surtout, à qui – tant elle avait l'habitude de prendre au propre les expressions figurées des émotions qu'elle éprouvait – le docteur Cottard dut un jour remettre sa mâchoire qu'elle avait décrochée pour avoir trop ri.
Mais au fur et à mesure que les « camarades » avaient pris plus de place dans la vie de Mme Verdurin, les ennuyeux, les réprouvés, ce fut tout ce qui retenait les amis loin d'elle.
Je dois partir : il me faut retourner auprès d'un malade en danger.
Qui sait,
cela lui fera peut-être beaucoup plus de bien que vous n'alliez pas le déranger ce soir ; il passera une bonne nuit sans vous ; demain matin vous irez de bonne heure et vous le trouverez guéri.
Dès le commencement de décembre, elle était malade à la pensée que les fidèles « lâcheraient » pour le jour de Noël et le 1er janvier.
Vous croyez qu'elle en mourrait, votre mère, si vous ne dîniez pas avec elle le Jour de l'An, comme en province !

Ses inquiétudes renaissaient à la semaine sainte.
Vous, docteur, un savant, un esprit fort, vous venez naturellement le Vendredi saint comme un autre jour ?
Je viendrai le Vendredi saint... vous faire mes adieux car nous allons passer les fêtes de Pâques en Auvergne.
En Auvergne ? pour vous faire manger par les puces et la vermine, grand bien vous fasse !
Si vous nous l'aviez dit au moins, nous aurions tâché d'organiser cela et de faire le voyage ensemble dans des conditions confortables.
De même si un « fidèle » avait un ami ou une « habituée » un flirt de le faire « lâcher » quelquefois :
Eh bien ! amenez-le votre ami.
Et on l'engageait à l'essai, pour voir s'il était capable de ne pas avoir de secrets pour Mme Verdurin, s'il était susceptible d'être agrégé au « petit clan ».
S'il ne l'était pas, on prenait à part le fidèle qui l'avait présenté et on lui rendait le service de le brouiller avec son ami ou avec sa maîtresse.
Aussi quand cette année-là, la demi-mondaine raconta à M. Verdurin qu'elle avait fait la connaissance d'un homme charmant, M. Swann, et insinua qu'il serait très heureux d'être reçu chez eux...
Voici Mme de Crécy qui a quelque chose à te demander. Elle désirerait te présenter un de ses amis, M. Swann.
Qu'en dis-tu ?
Mais voyons, est-ce qu'on peut refuser quelque chose à une petite perfection comme ça ?
Taisez-vous, on ne vous demande pas votre avis, je vous dis que vous êtes une perfection.
Puisque vous le voulez. Vous savez que je ne suis pas fishing for compliments.
Eh bien ! amenez-le votre ami, s'il est agréable !

Certes le « petit noyau » n'avait aucun rapport avec la société où fréquentait Swann. Mais Swann aimait tellement les femmes qu'à partir du jour où il avait connu à peu près toutes celles de l'aristocratie, il n'avait plus tenu à ces lettres de naturalisation, presque des titres de noblesse, que lui avait octroyées le faubourg Saint-Germain, que comme à une sorte de valeur d'échange, de lettre de crédit...
... lui permettant de s'improviser une situation dans tel petit trou de province ou tel milieu obscur de Paris, où la fille du hobereau ou du greffier lui avait semblé jolie.
Car le désir ou l'amour lui rendait alors un sentiment de vanité dont il était maintenant exempt,
et qui lui faisait désirer de briller, aux yeux d'une inconnue dont il s'était épris,
surtout si l'inconnue était d'humble condition.
De même que ce n'est pas à un autre homme intelligent qu'un homme intelligent aura peur de paraître bête, ce n'est pas par un grand seigneur, c'est par un rustre qu'un homme élégant craindra de voir son élégance méconnue.
Il n'était pas comme tant de gens qui s'abstiennent des plaisirs que la réalité leur présente en dehors de la position mondaine où ils vivent cantonnés jusqu'à leur mort.
Swann, lui, ne cherchait pas à trouver jolies les femmes avec qui il passait son temps, mais à passer son temps avec les femmes qu'il avait d'abord trouvées jolies.
Et c'étaient souvent des femmes de beauté assez vulgaire, car les qualités physiques qu'il recherchait sans s'en rendre compte étaient en complète opposition avec celles qui lui rendaient admirables les femmes sculptées ou peintes par les maîtres qu'il préférait.
La profondeur, la mélancolie de l'expression, glaçaient ses sens que suffisait au contraire à éveiller une chair saine, plantureuse et rose.

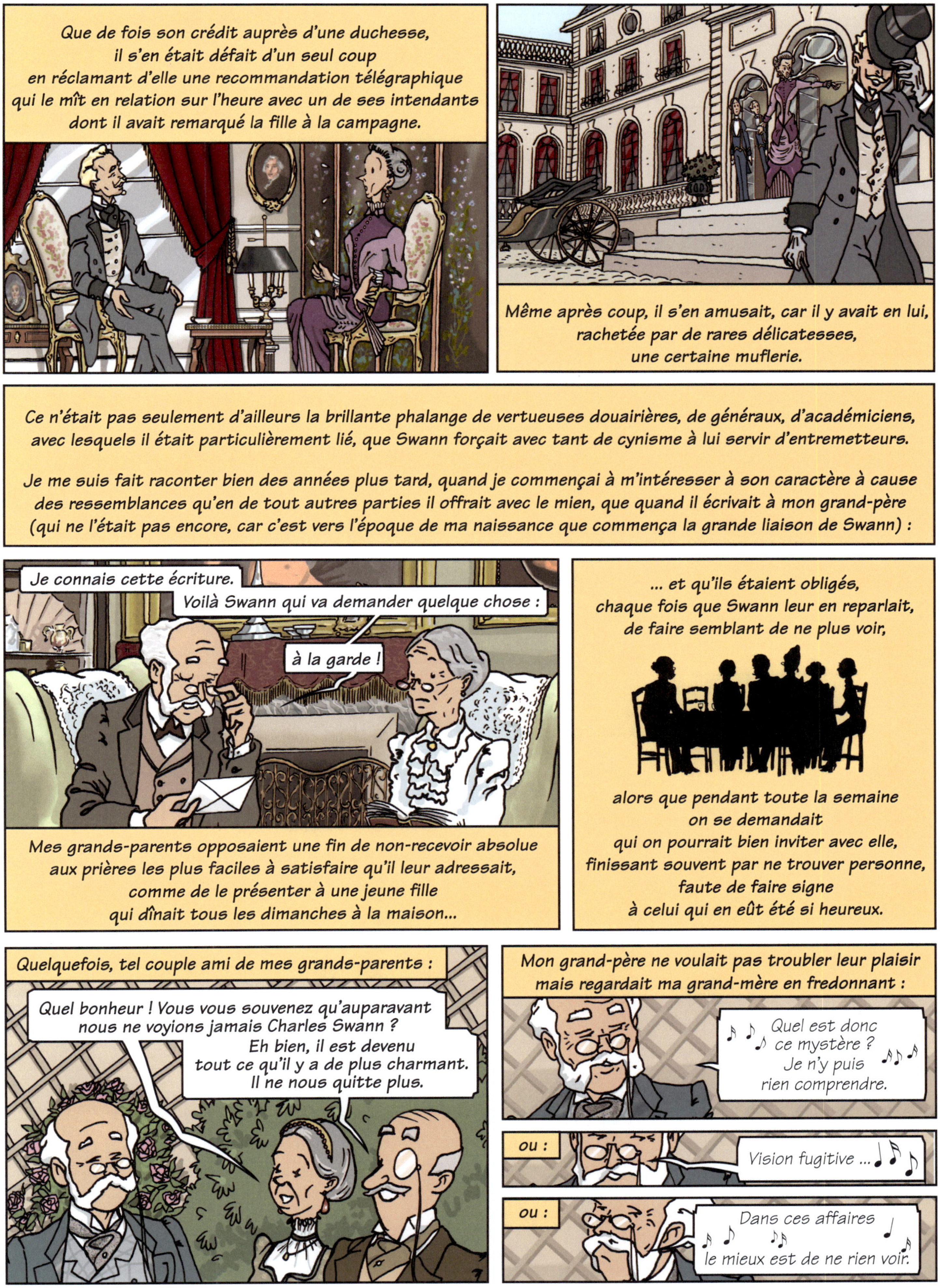

Que de fois son crédit auprès d'une duchesse, il s'en était défait d'un seul coup en réclamant d'elle une recommandation télégraphique qui le mît en relation sur l'heure avec un de ses intendants dont il avait remarqué la fille à la campagne.
Même après coup, il s'en amusait, car il y avait en lui, rachetée par de rares délicatesses, une certaine muflerie.
Ce n'était pas seulement d'ailleurs la brillante phalange de vertueuses douairières, de généraux, d'académiciens, avec lesquels il était particulièrement lié, que Swann forçait avec tant de cynisme à lui servir d'entremetteurs.
Je me suis fait raconter bien des années plus tard, quand je commençai à m'intéresser à son caractère à cause des ressemblances qu'en de tout autres parties il offrait avec le mien, que quand il écrivait à mon grand-père (qui ne l'était pas encore, car c'est vers l'époque de ma naissance que commença la grande liaison de Swann) :
Je connais cette écriture.
Voilà Swann qui va demander quelque chose :
à la garde !
Mes grands-parents opposaient une fin de non-recevoir absolue aux prières les plus faciles à satisfaire qu'il leur adressait, comme de le présenter à une jeune fille qui dînait tous les dimanches à la maison...
... et qu'ils étaient obligés, chaque fois que Swann leur en reparlait, de faire semblant de ne plus voir,
alors que pendant toute la semaine on se demandait qui on pourrait bien inviter avec elle, finissant souvent par ne trouver personne, faute de faire signe à celui qui en eût été si heureux.
Quelquefois, tel couple ami de mes grands-parents :
Quel bonheur ! Vous vous souvenez qu'auparavant nous ne voyions jamais Charles Swann ?
Eh bien, il est devenu tout ce qu'il y a de plus charmant. Il ne nous quitte plus.
Mon grand-père ne voulait pas troubler leur plaisir mais regardait ma grand-mère en fredonnant :
Quel est donc ce mystère ? Je n'y puis rien comprendre.
ou :
Vision fugitive ...
ou :
Dans ces affaires le mieux est de ne rien voir.

Quelques mois après...
Et Swann, le voyez-vous toujours beaucoup ?
Ne prononçez jamais son nom devant moi !
Mais je croyais que vous étiez si liés...
Il avait été ainsi pendant quelques mois le familier de cousins de ma grand-mère, dînant presque chaque jour chez eux.
?
?
Brusquement il cessa de venir, sans avoir prévenu.
On le crut malade.
Envoyons Rosalie prendre de ses nouvelles.
ROSALIE !
Rosalie ?
?
« Rosalie...
!
Il annonçait à cette femme qu'il allait quitter Paris, qu'il ne pourrait plus venir.
Elle était sa maîtresse, et au moment de rompre, c'était elle seule qu'il avait jugé utile d'avertir.
Quand sa maîtresse du moment était au contraire une personne qu'une extraction trop humble n'empêchait pas qu'il fît recevoir dans le monde, alors il y retournait,
mais seulement dans l'orbite particulier où il se mouvait ou bien où il l'avait entraînée.
Inutile de compter sur Swann ce soir,
vous savez bien que c'est le jour d'Opéra de son Américaine.
Il la faisait inviter dans les salons particulièrement fermés où il avait ses habitudes, ses dîners hebdomadaires, son poker ;
et alors, pensant à l'admiration et à l'amitié des gens à la mode,
il retrouvait du charme à cette vie mondaine sur laquelle il s'était blasé,
mais dont la matière, pénétrée et colorée si chaudement d'une flamme insinuée qui s'y jouait, lui semblait précieuse et belle depuis qu'il y avait incorporé un nouvel amour.

Mais, tandis que chacune de ces liaisons, ou chacun de ces flirts, avait été la réalisation d'un rêve né de la vue d'un visage ou d'un corps, en revanche quand un jour au théâtre il fut présenté à Odette de Crécy, elle était apparue à Swann non pas certes sans beauté, mais d'un genre de beauté qui lui était indifférent.
Quelque temps après cette présentation au théâtre, elle lui avait écrit pour lui demander à voir ses collections qui l'intéressaient tant, « elle, ignorante, qui avait le goût des jolies choses » ...
« ... il me semble que je vous connaîtrai mieux, quand je vous aurai vu dans votre "home"... »
« ... où je vous imagine si confortable avec votre thé et vos livres, quoique je sois surprise que vous habitiez ce quartier qui doit être si triste et qui est si peu smart pour vous qui l'êtes tant... »
Et après qu'il l'eut laissée venir :
Comme je regrette d'être restée si peu dans cette demeure
où j'ai été si heureuse de pénétrer !
Autrefois on rêvait de posséder le cœur de la femme dont on était amoureux ; plus tard, sentir qu'on possède le cœur d'une femme peut suffire à vous en rendre amoureux.
À l'âge déjà un peu désabusé dont approchait Swann, on sait se contenter d'être amoureux pour le plaisir de l'être.
À cette époque de la vie, on a déjà été atteint plusieurs fois par l'amour. En reconnaissant un de ses symptômes, nous faisons renaître les autres.
Comme nous possédons sa chanson, gravée en nous tout entière, nous n'avons pas besoin qu'une femme nous en dise le début pour en trouver la suite. Et si elle commence au milieu,
nous avons assez l'habitude de cette musique pour rejoindre tout de suite notre partenaire au passage où elle nous attend.

Odette de Crécy retourna voir Swann, puis rapprocha ses visites ;
il regrettait, pendant qu'elle causait avec lui, que la grande beauté qu'elle avait
ne fût pas du genre de celles qu'il aurait spontanément préférées.
Quant à son corps qui était admirablement fait,
il était difficile d'en apercevoir la continuité (à cause des modes de l'époque et quoiqu'elle fût une des femmes de Paris qui s'habillaient le mieux).
Et vous, vous ne viendriez pas une fois chez moi prendre le thé ?
Il avait allégué des travaux en train, une étude – en réalité abandonnée depuis des années – sur Ver Meer de Delft.
Je comprends que je ne peux rien faire, moi chétive, à côté de grands savants comme vous autres.
Je serais comme la grenouille devant l'aréopage.
Et pourtant j'aimerais tant m'instruire, savoir, être initiée.
Comme cela doit être amusant de bouquiner, de fourrer son nez dans de vieux papiers,
Vous allez vous moquer de moi, ce peintre qui vous empêche de me voir, vit-il encore ? Est-ce qu'on peut voir de ses œuvres à Paris, pour que je puisse me représenter ce que vous aimez,
deviner un peu ce qu'il y a sous ce grand front qui travaille tant, dans cette tête qu'on sent toujours en train de réfléchir...
... me dire : voilà, c'est cela qu'il est en train de penser.
Quel rêve ce serait d'être mêlée à vos travaux !

Soyez indulgente, je crains les amitiés nouvelles. J'ai si peur d'être malheureux.
Vous avez peur d'une affection ? Comme c'est drôle, moi qui ne cherche que cela, qui donnerais ma vie pour en trouver une.
Vous avez dû souffrir par une femme. Et vous croyez que les autres sont comme elle. Elle n'a pas su vous comprendre ; vous êtes un être si à part.
C'est cela que j'ai aimé d'abord en vous, j'ai bien senti que vous n'étiez pas comme tout le monde.
Et puis d'ailleurs vous aussi je sais bien ce que c'est que les femmes,
vous devez avoir des tas d'occupations, être peu libre.
Moi, je n'ai jamais rien à faire !
Je suis toujours libre, je le serai toujours pour vous.
À n'importe quelle heure du jour ou de la nuit où il pourrait vous être commode de me voir, faites-moi chercher, et je serai trop heureuse d'accourir.
Le ferez-vous ?
Savez-vous ce qui serait gentil, ce serait de vous faire présenter à Mme Verdurin chez qui je vais tous les soirs.
Croyez-vous !
si on s'y retrouvait et si je pensais que c'est un peu pour moi que vous y êtes !
Mon grand-père avait précisément connu la famille de ces Verdurin. Mais il avait perdu toute relation avec celui qu'il appelait le « jeune Verdurin ».
Un jour, il reçut une lettre de Swann lui demandant s'il ne pourrait pas le mettre en rapport avec les Verdurin :
À la garde ! à la garde ! Ça ne m'étonne pas du tout, c'est bien par là que devait finir Swann.
Joli milieu !
D'abord je ne peux pas faire ce qu'il me demande parce que je ne connais plus ce monsieur.
Et puis ça doit cacher une histoire de femme, je ne me mêle pas de ces affaires-là.
Ah bien ! nous allons avoir de l'agrément si Swann s'affuble des petits Verdurin.
Et sur la réponse négative de mon grand-père, c'est Odette qui avait amené elle-même Swann chez les Verdurin.

Les Verdurin avaient eu à dîner, le jour où Swann y fit ses débuts, le docteur et Mme Cottard, le jeune pianiste et sa tante, et le peintre qui avait alors leur faveur, auxquels s'étaient joints dans la soirée quelques autres fidèles.
Le docteur Cottard ne savait jamais d'une façon certaine
de quel ton il devait répondre à quelqu'un, si son interlocuteur voulait rire ou était sérieux.
Et à tout hasard il ajoutait à toutes ses expressions de physionomie l'offre d'un sourire conditionnel et provisoire,
mais comme il n'osait pas laisser ce sourire s'affirmer nettement sur son visage, on y voyait flotter perpétuellement une incertitude où se lisait la question qu'il n'osait pas poser :
Dites-vous cela pour de bon ?
Sur les conseils qu'une mère prévoyante lui avait donnés quand il avait quitté sa province, il ne laissait jamais passer soit une locution ou un nom propre qui lui étaient inconnus sans tâcher de se faire documenter sur eux.
Pour les locutions, il était insatiable de renseignements.
« du sang bleu » ?
« la beauté du diable » ?
« donner carte blanche » ?
« une vie de bâton de chaise » ?
« le quart d'heure de Rabelais » ?
« être le prince des élégances » ?
« être réduit à quia » ?
Quant aux noms de personnes nouveaux qu'on prononçait devant lui, il se contentait seulement de les répéter sur un ton interrogatif qu'il pensait suffisant pour lui valoir des explications.
Comme le sens critique qu'il croyait exercer sur tout lui faisait complètement défaut, il prenait tout au pied de la lettre...
Vous êtes trop aimable d'être venu, Docteur, d'autant plus que je suis sûre que vous avez déjà souvent entendu Sarah Bernhardt,
et puis nous sommes peut-être trop près de la scène.
En effet on est beaucoup trop près et on commence à être fatigué de Sarah Bernhardt. Mais vous m'avez exprimé le désir que je vienne.
!
Pour moi vos désirs sont des ordres,
vous êtes si bonne.
Je suis trop heureux de vous rendre ce petit service.
Que ne ferait-on pas pour vous être agréable !
Sarah Bernhardt, c'est bien « la Voix d'Or », n'est-ce pas ?
On écrit aussi souvent qu'elle « brûle les planches ». C'est une expression bizarre, n'est-ce pas ?

Tu sais, je crois que nous faisons fausse route quand par modestie nous dépréciions ce que nous offrons au docteur.
C'est un savant qui vit en dehors de l'existence pratique, il ne connaît pas par lui-même la valeur des choses et il s'en rapporte à ce que nous lui en disons.
Je n'avais pas osé te le dire, mais je l'avais remarqué.
Et au Jour de l'An suivant, au lieu d'envoyer au docteur Cottard un rubis de trois mille francs en lui disant que c'était bien peu de chose, M. Verdurin acheta pour trois cents francs une pierre reconstituée en laissant entendre qu'on pouvait difficilement en voir d'aussi belle.
Ce soir, nous aurons la visite de M. Swann.
Swann ?
Swann ?
Qui ça, Swann !
Mais l'ami dont Odette nous avait parlé.
Ah ! bon,
bon,
ça va bien.
Quant au peintre, il se réjouissait de l'introduction de Swann :
il aimait favoriser les liaisons.
Rien ne m'amuse comme de faire des mariages,
j'en ai déjà réussi beaucoup,
même entre femmes !
En disant aux Verdurin que Swann était très « smart »,
Odette leur avait fait craindre un « ennuyeux ». Il leur fit au contraire une excellente impression.
Swann, vis-à-vis de gens d'un milieu inférieur au sien comme étaient les Verdurin et leurs amis, fit instinctivement montre d'un empressement, se livra à des avances, dont, selon eux, un ennuyeux se fût abstenu.

Il n'eut un moment de froideur qu'avec le docteur Cottard :
Swann crut que le docteur le connaissait sans doute pour s'être trouvé avec lui en quelque lieu de plaisir.
Le peintre invita tout de suite Swann à venir avec Odette à son atelier. Swann le trouva gentil.
Peut-être qu'on vous favorisera plus que moi, et qu'on vous montrera le portrait de Cottard.
Pensez bien, « monsieur » Biche, à rendre le joli regard, le petit côté fin, amusant, de l'œil.
Ce que je veux surtout avoir, c'est son sourire, ce que je vous ai demandé, c'est le portrait de son sourire.
Swann demanda à faire la connaissance de tout le monde, même d'un vieil ami des Verdurin, Saniette, à qui sa timidité, sa simplicité et son bon cœur avaient fait perdre partout la considération que lui avaient value sa science d'archiviste, sa grosse fortune, et la famille distinguée dont il sortait.
En demandant à être présenté à M. Saniette, Swann fit à Mme Verdurin l'effet de renverser les rôles.
Monsieur Swann,
voudriez-vous avoir la bonté de me permettre de vous présenter notre ami Saniette ?
En revanche Swann les toucha infiniment en croyant devoir demander tout de suite à faire la connaissance de la tante du pianiste.
Swann crut pouvoir se moquer légèrement d'elle en parlant à M. Verdurin, lequel au contraire fut piqué.
Je vous accorde qu'elle n'est pas étourdissante, mais je vous assure qu'elle est très agréable quand on cause seul avec elle.
Je n'en doute pas.
Vous n'avez jamais entendu son neveu ? C'est admirable, n'est-ce pas, docteur ?
Voulez-vous que je lui demande de jouer quelque chose ?
Mais ce sera un bonheur...
Un bonheur pour la France !
Qu'est-ce qu'ils ont à rire toutes ces bonnes gens-là, on a l'air de ne pas engendrer la mélancolie dans votre petit coin là-bas.
Si vous croyez que je m'amuse, moi, à rester toute seule en pénitence.

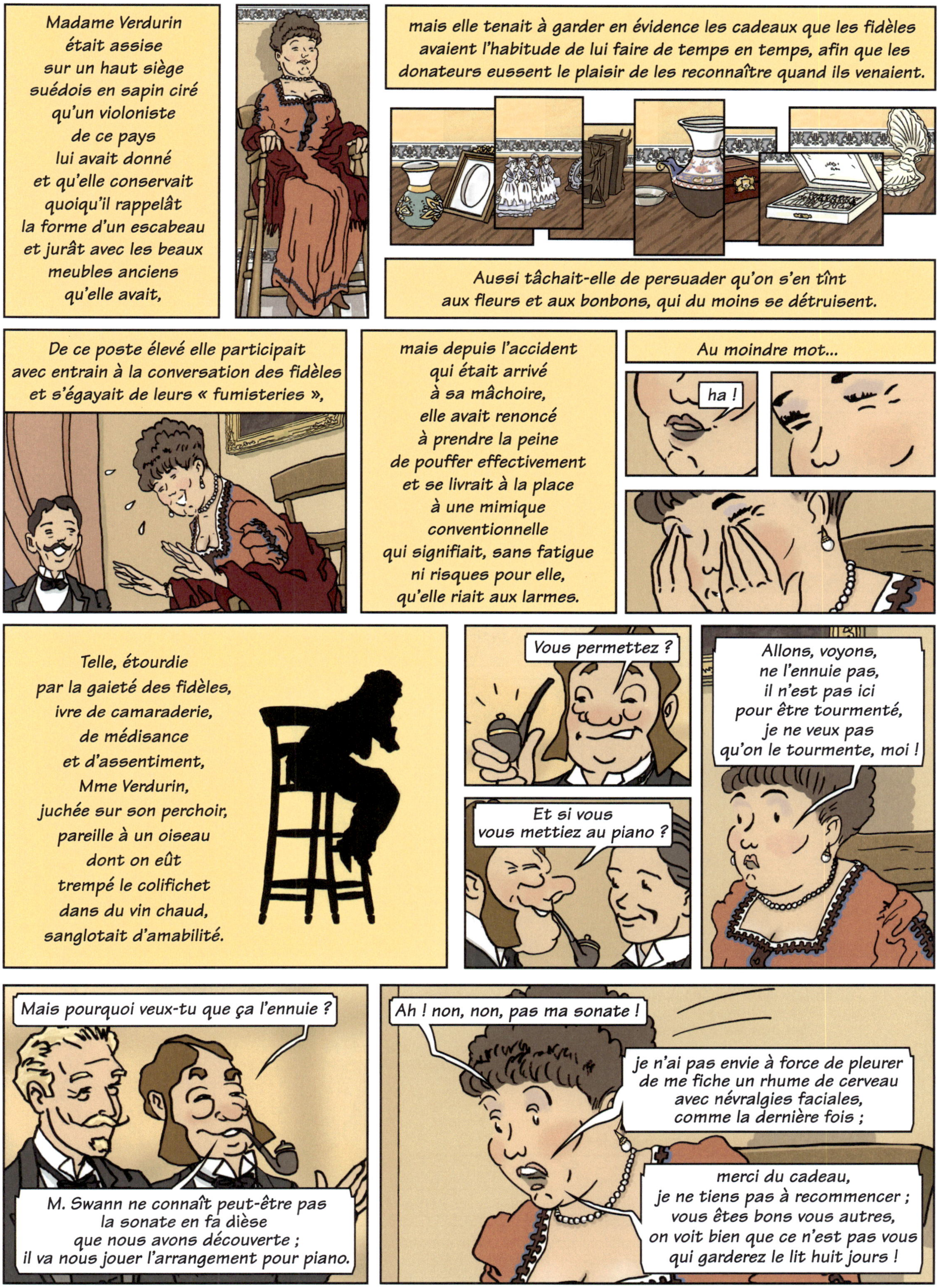
Madame Verdurin était assise sur un haut siège suédois en sapin ciré qu'un violoniste de ce pays lui avait donné et qu'elle conservait quoiqu'il rappelât la forme d'un escabeau et jurât avec les beaux meubles anciens qu'elle avait,
mais elle tenait à garder en évidence les cadeaux que les fidèles avaient l'habitude de lui faire de temps en temps, afin que les donateurs eussent le plaisir de les reconnaître quand ils venaient.
Aussi tâchait-elle de persuader qu'on s'en tînt aux fleurs et aux bonbons, qui du moins se détruisent.
De ce poste élevé elle participait avec entrain à la conversation des fidèles et s'égayait de leurs « fumisteries »,
mais depuis l'accident qui était arrivé à sa mâchoire, elle avait renoncé à prendre la peine de pouffer effectivement et se livrait à la place à une mimique conventionnelle qui signifiait, sans fatigue ni risques pour elle, qu'elle riait aux larmes.
Au moindre mot...
ha !
Telle, étourdie par la gaieté des fidèles, ivre de camaraderie, de médisance et d'assentiment, Mme Verdurin, juchée sur son perchoir, pareille à un oiseau dont on eût trempé le colifichet dans du vin chaud, sanglotait d'amabilité.
Vous permettez ?
Et si vous vous mettiez au piano ?
Allons, voyons, ne l'ennuie pas, il n'est pas ici pour être tourmenté, je ne veux pas qu'on le tourmente, moi !
Mais pourquoi veux-tu que ça l'ennuie ?
M. Swann ne connaît peut-être pas la sonate en fa dièse que nous avons découverte ; il va nous jouer l'arrangement pour piano.
Ah ! non, non, pas ma sonate !
je n'ai pas envie à force de pleurer de me fiche un rhume de cerveau avec névralgies faciales, comme la dernière fois ;
merci du cadeau, je ne tiens pas à recommencer ; vous êtes bons vous autres, on voit bien que ce n'est pas vous qui garderez le lit huit jours !

Cette petite scène qui se renouvelait chaque fois que le pianiste allait jouer enchantait les amis aussi bien que si elle avait été nouvelle.
Eh bien ! voyons, c'est entendu, il ne jouera que l'andante.
Que l'andante, comme tu y vas !
C'est justement l'andante qui me casse bras et jambes.
Il est vraiment superbe, le Patron ! C'est comme si dans la Neuvième il disait : nous n'entendrons que le finale, ou dans Les Maîtres que l'ouverture.
Le docteur, cependant, poussait Mme Verdurin à laisser jouer le pianiste, par cette habitude qu'ont beaucoup de médecins de faire fléchir immédiatement la sévérité de leurs prescriptions dès qu'est en jeu quelque réunion mondaine dont ils font partie.
Vous ne serez pas malade, cette fois-ci, vous verrez.
Et si vous êtes malade, nous vous soignerons.
Bien vrai ?
Vous savez, j'ai ma petite place.
Vous n'êtes pas bien, là, allez donc vous mettre à côté d'Odette, n'est-ce pas, Odette, vous ferez bien une place à M. Swann ?
Quel joli Beauvais !
Ah ! je suis contente que vous appréciiez mon canapé. Chaque bronze correspond comme attribut au petit sujet du siège. Rien que les petites frises des bordures, tenez, là, la petite vigne sur fond rouge de « l'Ours et les Raisins ». Est-ce dessiné ?
Est-elle assez appétissante cette vigne ? Mon mari prétend que je n'aime pas les fruits. Mais non, mais je n'ai pas besoin de me les mettre dans la bouche puisque je jouis par les yeux.
Qu'est-ce que vous avez tous à rire ?
Demandez au docteur, il vous dira que ces raisins-là me purgent.
Mais, monsieur Swann, vous ne partirez pas sans avoir touché les petits bronzes des dossiers. Est-ce assez doux comme patine ? Mais non, à pleines mains, touchez-les bien.

Ah !
si Mme Verdurin commence à peloter les bronzes,
nous n'entendrons pas de musique ce soir.
Taisez-vous, vous êtes un vilain.
Au fond, on nous défend à nous autres femmes des choses moins voluptueuses que cela. Mais il n'y a pas une chair comparable à cela !
Quand M. Verdurin me faisait l'honneur d'être jaloux de moi
– allons, sois poli au moins, ne dis pas que tu ne l'as jamais été…
Mais je ne dis absolument rien. Voyons, Docteur, je vous prends à témoin : est-ce que j'ai dit quelque chose ?
Allons, vous les caresserez plus tard ; maintenant c'est vous qu'on va caresser,
qu'on va caresser dans l'oreille ;
vous aimez cela, je pense ; voilà un petit jeune homme qui va s'en charger.
Or quand le pianiste eut joué, Swann fut plus aimable encore avec lui qu'avec les autres personnes qui se trouvaient là. Voici pourquoi :

L'année précédente, dans une soirée, il avait entendu une œuvre musicale exécutée au piano et au violon.

D'abord, il n'avait goûté que la qualité matérielle des sons sécrétés par les instruments.
Mais à un moment donné, charmé tout d'un coup, il avait cherché à recueillir la phrase ou l'harmonie – il ne savait lui-même – qui passait et qui lui avait ouvert plus largement l'âme.
Peut-être est-ce parce qu'il ne savait pas la musique qu'il avait pu éprouver une impression aussi confuse.
À peine la sensation délicieuse que Swann avait ressentie était-elle expirée, que sa mémoire lui en avait fourni séance tenante une transcription sommaire et provisoire, mais sur laquelle il avait jeté les yeux tandis que le morceau continuait, si bien que, quand la même impression était tout d'un coup revenue, elle n'était déjà plus insaisissable.

Cette fois il avait distingué nettement une phrase
s'élevant pendant quelques instants au-dessus des ondes sonores.
Elle lui avait proposé aussitôt des voluptés particulières,
dont il n'avait jamais eu l'idée avant de l'entendre,
dont il sentait que rien d'autre qu'elle ne pourrait les lui faire connaître,
et il avait éprouvé pour elle comme un amour inconnu.
Il souhaita passionnément
la revoir une troisième fois.
Et elle reparut en effet,
mais sans lui parler plus clairement,
en lui causant même
une volupté moins profonde.
Mais, rentré chez lui, il eut besoin d'elle :
il était comme un homme dans la vie de qui une passante qu'il a aperçue un moment
vient de faire entrer l'image d'une beauté nouvelle qui donne à sa propre sensibilité une valeur plus grande,
sans qu'il sache seulement s'il pourra revoir jamais celle qu'il aime déjà et dont il ignore jusqu'au nom.

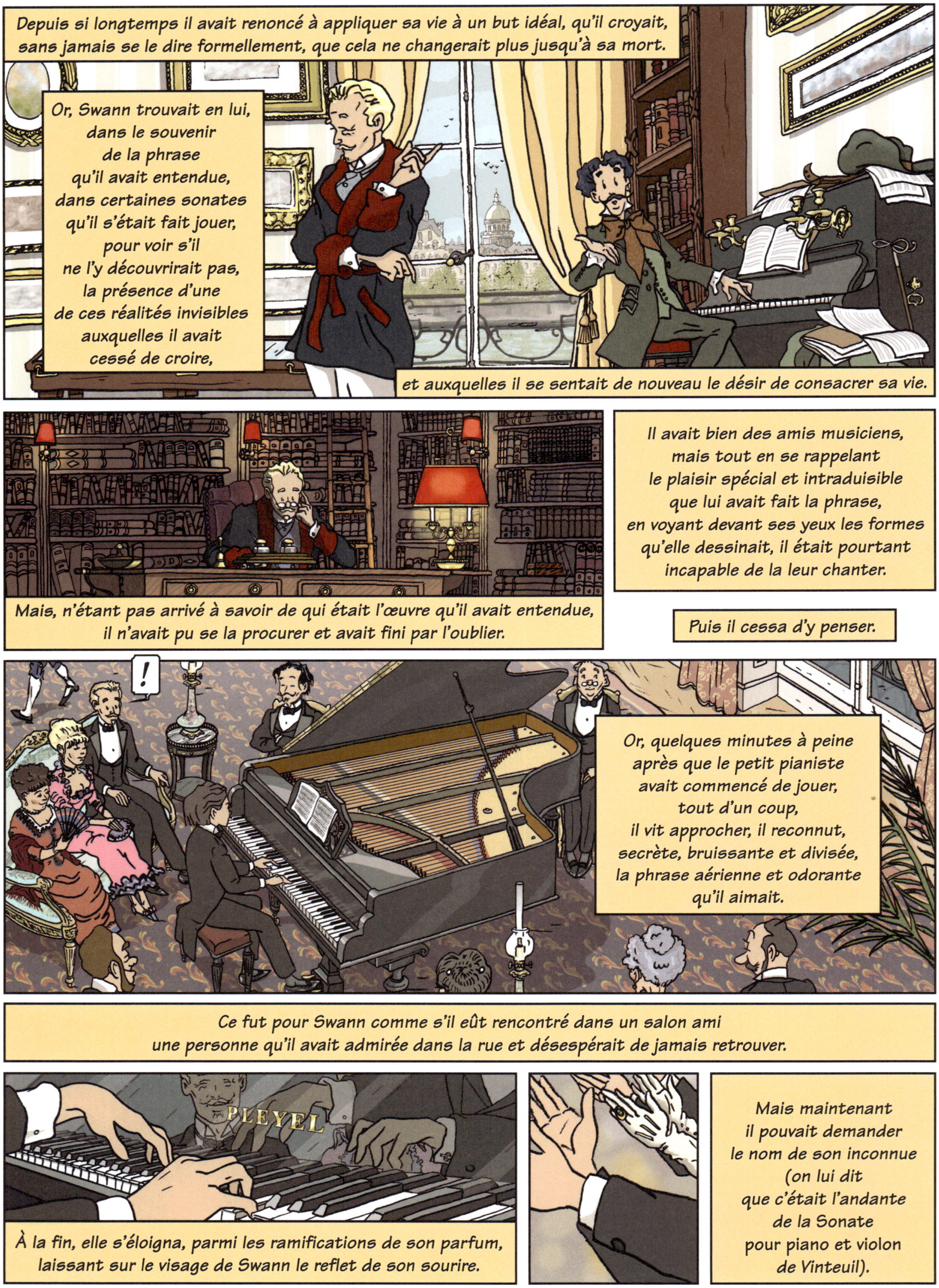
Depuis si longtemps il avait renoncé à appliquer sa vie à un but idéal, qu'il croyait, sans jamais se le dire formellement, que cela ne changerait plus jusqu'à sa mort.
Or, Swann trouvait en lui, dans le souvenir de la phrase qu'il avait entendue, dans certaines sonates qu'il s'était fait jouer, pour voir s'il ne l'y découvrirait pas, la présence d'une de ces réalités invisibles auxquelles il avait cessé de croire,
et auxquelles il se sentait de nouveau le désir de consacrer sa vie.
Mais, n'étant pas arrivé à savoir de qui était l'œuvre qu'il avait entendue, il n'avait pu se la procurer et avait fini par l'oublier.
Il avait bien des amis musiciens, mais tout en se rappelant le plaisir spécial et intraduisible que lui avait fait la phrase, en voyant devant ses yeux les formes qu'elle dessinait, il était pourtant incapable de la leur chanter.
Puis il cessa d'y penser.
!
Or, quelques minutes à peine après que le petit pianiste avait commencé de jouer, tout d'un coup, il vit approcher, il reconnut, secrète, bruissante et divisée, la phrase aérienne et odorante qu'il aimait.
Ce fut pour Swann comme s'il eût rencontré dans un salon ami une personne qu'il avait admirée dans la rue et désespérait de jamais retrouver.
PLEYEL
À la fin, elle s'éloigna, parmi les ramifications de son parfum, laissant sur le visage de Swann le reflet de son sourire.
Mais maintenant il pouvait demander le nom de son inconnue (on lui dit que c'était l'andante de la Sonate pour piano et violon de Vinteuil).

Quel charmeur, n'est-ce pas ; la comprend-il assez, sa sonate, le petit misérable ?
Chaque fois j'y suis reprise, je crois entendre un orchestre. C'est même plus beau que l'orchestre,
plus complet.
Allons, donne-lui de l'orangeade, il l'a bien méritée.
Vous êtes
très
indulgente
pour moi.
Swann racontait à Odette comment il avait été amoureux de cette petite phrase.
Eh bien ! il me semble qu'on est en train de vous dire de belles choses, Odette.
Oui, de très belles.
À une ou deux remarques particulières que fit Swann sur sa phrase préférée :
Tiens, c'est amusant, je n'avais jamais fait attention ; je vous dirai que je n'aime pas beaucoup chercher la petite bête...
?
... et m'égarer dans des pointes d'aiguilles ;
on ne perd pas son temps à couper les cheveux en quatre, ici,
ce n'est pas le genre de la maison.
Je connais bien quelqu'un qui s'appelle Vinteuil.
C'est peut-être lui !
Oh ! non. Si vous l'aviez vu...
Mais ce pourrait être un parent.
Le peintre savait que Vinteuil était très malade et que le docteur Potain craignait de ne pouvoir le sauver.
Comment, il y a encore des gens qui se font soigner par Potain !
Ah ! madame Verdurin, vous oubliez que vous parlez d'un de mes confrères.
Vous en savez dix fois autant que lui. Vous ne tuez pas vos malades, vous, au moins !
Mais, Madame, il est de l'Académie. Si un malade préfère mourir de la main d'un des princes de la science... C'est beaucoup plus chic...
Ah c'est plus chic ? Alors il y a du chic dans les maladies, maintenant ? je ne savais pas ça... Ce que vous m'amusez !

Vous savez que votre ami nous plaît beaucoup. Il est simple, charmant ; si vous n'avez jamais à nous présenter que des amis comme cela, vous pouvez les amener.
Tout de même, il n'a pas apprécié la tante de notre jeune pianiste.
Il s'est senti un peu dépaysé, cet homme, tu ne voudrais pas que, la première fois, il ait déjà le ton de la maison.
Odette, il est convenu qu'il viendra nous retrouver demain au Châtelet. Si vous alliez le prendre ?
Mais non, il ne veut pas.
Ah ! enfin, comme vous voudrez. Pourvu qu'il n'aille pas lâcher au dernier moment !
À la grande surprise de Mme Verdurin, il ne lâcha jamais.
Il allait les rejoindre n'importe où, quelquefois dans les restaurants de banlieue où on allait peu encore, plus souvent au théâtre, que Mme Verdurin aimait beaucoup ;
Un jour, chez elle :
... et vraiment, pour tous ces soirs de première et de gala, un coupe-file nous eût été fort utile ;
voyez comme cela nous a gênés de ne pas en avoir le jour de l'enterrement de Gambetta !
Swann ne parlait jamais de ses relations brillantes, mais seulement de celles mal cotées, et au nombre desquelles il avait pris dans le faubourg Saint-Germain l'habitude de ranger les relations avec le monde officiel :
Je vous promets de m'en occuper, vous l'aurez à temps pour la reprise des Danicheff,
?
?
je déjeune justement demain avec le Préfet de police à l'Élysée.
?
?
?
Comment ça, à l'Élysée ?
Oui, chez M. Grévy.
Ça vous prend souvent ?
Comment ça, M. Grévy ? vous connaissez M. Grévy ?
Je le connais un peu, nous avons des amis communs,
Il n'osa pas dire que c'était le prince de Galles.

du reste il invite très facilement et je vous assure que ces déjeuners n'ont rien d'amusant,
ils sont d'ailleurs très simples, on n'est jamais plus de huit à table.
Ah ! bien, bien, ça va bien.
Ah ! je vous crois qu'ils ne doivent pas être amusants ces déjeuners, vous avez de la vertu d'y aller.
Il paraît qu'il est sourd comme un pot et qu'il mange avec ses doigts.
En effet, alors cela ne doit pas beaucoup vous amuser d'y aller.
Mais le prestige qu'avait à ses yeux le Président de la République finit pourtant par triompher et de l'humilité de Swann et de la malveillance de Mme Verdurin,
et à chaque dîner :
Verrons-nous ce soir M. Swann ? Il a des relations personnelles avec M. Grévy.
C'est bien ce qu'on appelle un gentleman ?
Il alla même jusqu'à lui offrir une carte d'invitation pour l'exposition dentaire.
Vous serez admis avec les personnes qui seront avec vous, mais on ne laisse pas entrer les chiens.
Vous comprenez, je vous dis cela parce que j'ai eu des amis qui ne le savaient pas et qui s'en sont mordu les doigts.
Quant à M. Verdurin, il remarqua le mauvais effet qu'avait produit sur sa femme
cette découverte que Swann avait des amitiés puissantes dont il n'avait jamais parlé.
Si l'on n'avait pas arrangé une partie au dehors, c'est chez les Verdurin que Swann retrouvait le petit noyau, mais il ne venait que le soir, et n'acceptait presque jamais à dîner malgré les instances d'Odette.
Je pourrais même dîner seule avec vous, si vous aimiez mieux cela.
Et Mme Verdurin ?
Oh ! ce serait bien simple. Je n'aurais qu'à dire que ma robe n'a pas été prête, que mon cab est venu en retard.
Il y a toujours moyen de s'arranger.
Mais Swann se disait que s'il montrait à Odette qu'il y avait des plaisirs qu'il préférait à celui d'être avec elle, le goût qu'elle ressentait pour lui ne connaîtrait pas de longtemps la satiété.

Et, d'autre part, préférant infiniment à celle d'Odette la beauté d'une petite ouvrière fraîche et bouffie comme une rose et dont il était épris, il aimait mieux passer le commencement de la soirée avec elle, étant sûr de voir Odette ensuite.
C'est pour les mêmes raisons qu'il n'acceptait jamais qu'Odette vînt le chercher pour aller chez les Verdurin.
La petite ouvrière l'attendait près de chez lui à un coin de rue que son cocher Rémi connaissait...
À son entrée, tandis que Mme Verdurin lui indiquait une place à côté d'Odette, le pianiste jouait, pour eux deux, la petite phrase de Vinteuil qui était comme l'air national de leur amour.
La petite phrase apparaissait, dansante, pastorale, intercalée, épisodique, appartenant à un autre monde. Elle passait à plis simples et immortels, distribuant çà et là les dons de sa grâce, avec le même ineffable sourire ; mais Swann y croyait distinguer maintenant du désenchantement. Elle semblait connaître la vanité de ce bonheur dont elle montrait la voie.
Mais peu lui importait, il la considérait moins en elle-même
que comme un gage, un souvenir de son amour qui,
même pour les Verdurin, pour le petit pianiste, faisait penser à Odette en même temps qu'à lui.
Il regrettait presque qu'elle eût une signification, une beauté intrinsèque et fixe, étrangère à eux.

Souvent, il se trouvait qu'il s'était tant attardé avec la jeune ouvrière avant d'aller chez les Verdurin, qu'une fois la petite phrase jouée par le pianiste, Swann s'apercevait qu'il était bientôt l'heure qu'Odette rentrât.
Il la reconduisait jusqu'à la porte de son petit hôtel, rue La Pérouse.
Il sacrifiait le plaisir, moins nécessaire pour lui, de la voir plus tôt,
à l'exercice de ce droit qu'elle lui reconnaissait de partir ensemble, parce que, grâce à cela, il avait l'impression que personne ne se mettait entre eux,
ne l'empêchait d'être encore avec lui,
après qu'il l'avait quittée.
un soir...
À demain.
Quand au bout de quelques jours la fleur fut fanée, il l'enferma précieusement dans son secrétaire.

Mais il n'entrait jamais chez elle. Deux fois seulement, dans l'après-midi, il était allé participer à cette opération capitale pour elle : « prendre le thé ».
Madame va servir le thé au petit salon.
Vous n'êtes pas confortable comme cela, attendez, moi je vais bien vous arranger.
Elle trouvait à tous ses bibelots chinois des formes « amusantes », et aussi aux orchidées, aux catleyas surtout...
Celle-là a l'air découpée dans la doublure de mon manteau.

chéris !
Ces affectations contrastaient avec la sincérité de certaines de ses dévotions, notamment à Notre-Dame de Laghet qui l'avait jadis, quand elle habitait Nice, guérie d'une maladie mortelle, et dont elle portait toujours sur elle une médaille d'or
à laquelle elle attribuait un pouvoir sans limites.
ND-DE-LAGHET PRIEZ POUR NOUS
Citron ou crème ?
Crème.
Un nuage !
Mmm, il est bon...
Vous voyez que je sais ce que vous aimez.
Ce thé en effet avait paru à Swann quelque chose de précieux. L'amour a tellement besoin de se trouver une justification, une garantie de durée, dans des plaisirs qui au contraire sans lui n'en seraient pas, que quand il l'avait quittée à sept heures pour rentrer chez lui s'habiller...
Ce serait bien agréable...
... Ce serait bien agréable d'avoir ainsi une petite personne chez qui on pourrait trouver cette chose si rare,
du bon thé.
... Ce serait bien agréable...
Une heure après, il reçut un mot d'Odette. Swann avait oublié son étui à cigarettes.
Que n'y avez-vous oublié aussi votre cœur, je ne vous aurais pas laissé le reprendre.

Une seconde visite qu'il lui fit eut plus d'importance peut-être. Il lui apportait une gravure qu'elle désirait voir.
Elle était un peu souffrante.
Elle frappa Swann par sa ressemblance avec cette figure de Zéphora, la fille de Jéthro,
!
qu'on voit dans une fresque de la chapelle Sixtine.
Swann avait toujours eu ce goût particulier d'aimer à retrouver dans la peinture des maîtres, les traits individuels des visages que nous connaissons : ainsi, dans la matière d'un buste du doge Lorédan, la saillie des pommettes...
... la ressemblance criante de son cocher Rémi ;
sous les couleurs d'un Ghirlandajo, le nez de M. de Palancy ;
dans un portrait de Tintoret... l'implantation des premiers poils des favoris, la cassure du nez, la pénétration du regard du docteur du Boulbon.
Le plaisir fut plus profond – et devait exercer sur Swann une influence durable – qu'il trouva à ce moment-là dans la ressemblance d'Odette avec la Zéphora de ce Sandro di Mariano auquel on donne volontiers son surnom populaire de Botticelli.
Swann se reprocha d'avoir méconnu le prix d'un être qui eût paru adorable au grand Sandro.
Il oubliait qu'Odette n'était pas plus pour cela une femme selon son désir, puisque précisément son désir avait toujours été orienté dans un sens opposé à ses goûts esthétiques.
Quand il était tenté de regretter que depuis des mois il ne fît plus que voir Odette,
il se disait qu'il était raisonnable de donner beaucoup de son temps à un chef-d'œuvre inestimable,
qu'il contemplait tantôt avec l'humilité, la spiritualité et le désintéressement d'un artiste, tantôt avec l'orgueil, l'égoïsme et la sensualité d'un collectionneur.
... et, approchant de lui la photographie de Zéphora, il croyait serrer Odette contre son cœur.

Le simple fonctionnement de cet organisme social qu'était le petit « clan » lui permettait de feindre une indifférence à la voir, ou même un désir de ne plus la voir, qui ne lui faisait pas courir de grands risques,
puisqu'il la verrait forcément le soir
et la ramènerait chez elle.
Mais une fois qu'il avait emmené jusqu'au Bois sa jeune ouvrière
pour retarder le moment d'aller chez les Verdurin,
il arriva chez eux si tard qu'Odette, croyant qu'il ne viendrait plus, était partie.
Swann ressentit une souffrance au cœur ; il tremblait d'être privé d'un plaisir qu'il mesurait pour la première fois, ayant eu jusque-là la certitude de le trouver quand il le voulait.
As-tu vu la tête qu'il a fait quand il s'est aperçu qu'elle n'était pas là ? je crois qu'on peut dire qu'il est pincé !
La tête qu'il a fait ?
M. Swann est venu ?
Oh ! un instant seulement. Nous avons eu un Swann très agité, très nerveux. Vous comprenez, Odette était partie.
Vous voulez dire qu'elle est du dernier bien avec lui,
qu'elle lui a fait voir « l'heure du berger »,
Mais non, il n'y a absolument rien, et entre nous, je trouve qu'elle a bien tort et qu'elle se conduit comme une fameuse cruche, qu'elle est du reste.
Ta, ta, ta, qu'est-ce que tu en sais, qu'il n'y a rien ? nous n'avons pas été y voir, n'est-ce pas ?
À moi, elle me l'aurait dit. Je vous dis qu'elle me raconte toutes ses petites affaires !
Comme elle n'a plus personne en ce moment, je lui ai dit qu'elle devrait coucher avec lui.
Elle prétend qu'il est timide avec elle, que cela l'intimide à son tour,
et puis qu'elle ne l'aime pas de cette manière-là, que c'est un être idéal...
Ce serait pourtant absolument ce qu'il lui faut.
Tu me permettras de ne pas être de ton avis, il ne me revient qu'à demi, ce monsieur ; je le trouve poseur.
Je ne pense pas que ce soit que ce monsieur la croie « vertueuse ». Et après tout, on ne peut rien dire, puisque il a l'air de la croire intelligente.
Je ne sais si tu as entendu ce qu'il lui débitait l'autre soir sur la sonate de Vinteuil ;
j'aime Odette de tout mon cœur, mais pour lui faire des théories d'esthétique, il faut tout de même être un fameux jobard !
Voyons, ne dites pas du mal d'Odette. Elle est charmante.
Mais cela ne l'empêche pas d'être charmante ; nous ne disons pas du mal d'elle, nous disons que ce n'est pas une vertu ni une intelligence.
Au fond, tenez-vous tant que ça à ce qu'elle soit vertueuse ? Elle serait peut-être beaucoup moins charmante, qui sait ?

Monsieur Swann !
Madame de Crécy m'a chargé de vous dire qu'elle irait probablement prendre du chocolat chez Prévost avant de rentrer.
Boulevard Bonne-Nouvelle, Rémi, chez Prévost !
CLAC
Swann tout d'un coup aperçut en lui l'étrangeté des pensées qu'il roulait.
Quoi ? toute cette agitation parce qu'il ne verrait Odette que demain, ce que précisément il avait souhaité il y a une heure, en se rendant chez Mme Verdurin.
Il fut bien obligé de constater que dans cette même voiture, il n'était plus le même, et qu'il n'était plus seul, qu'un être nouveau était là avec lui, adhérent, amalgamé à lui,
duquel il ne pourrait peut-être pas se débarrasser, avec qui il allait être obligé d'user de ménagements, comme avec un maître ou avec une maladie.
Et pourtant, depuis qu'une nouvelle personne s'était ainsi ajoutée à lui, sa vie lui paraissait plus intéressante.

Elle n'était pas chez Prévost ;
il voulut chercher dans tous les restaurants des boulevards.
PREVOST
Pour gagner du temps,
pendant qu'il visitait les uns,
il envoya dans les autres son cocher Rémi,
qu'il alla attendre ensuite – n'ayant rien trouvé lui-même – à l'endroit qu'il lui avait désigné.
Mais le cocher revint lui dire qu'il ne l'avait trouvée nulle part.
Je crois que Monsieur n'a plus qu'à rentrer.
Mais pas du tout ! Il faut que nous trouvions cette dame ; c'est de la plus haute importance.
Elle serait extrêmement ennuyée, pour une affaire, et froissée, si elle ne m'avait pas vu.
Je ne vois pas comment cette dame pourrait être froissée, puisque c'est elle qui est partie sans attendre Monsieur,
qu'elle a dit qu'elle allait chez Prévost et qu'elle n'y était pas.
Il frôlait anxieusement tous ces corps obscurs comme si parmi les fantômes des morts, dans le royaume sombre, il eût cherché Eurydice.

De tous les modes de production de l'amour, il est bien l'un des plus efficaces, ce grand souffle d'agitation qui parfois passe sur nous. Alors l'être avec qui nous nous plaisons à ce moment-là, le sort en est jeté, c'est lui que nous aimerons. À la recherche des plaisirs que son agrément nous donnait, s'est brusquement substitué en nous un besoin anxieux, qui a pour objet cet être même, un besoin absurde, impossible à satisfaire et difficile à guérir, le besoin insensé et douloureux de le posséder.
Swann se fit conduire dans les derniers restaurants...
TORTONI
MAISON DORÉE
ENTRÉE
Maison Dorée
TORTONI
Il ne cachait plus maintenant son agitation, le prix qu'il attachait à cette rencontre et il promit en cas de succès une récompense à son cocher.
CAFÉ ANGLAIS
CAFÉ ANGLAIS
CAFÉ ANGLAIS
AFÉ ANGLAIS
!
!
C'était Odette.
Elle lui expliqua plus tard que n'ayant pas trouvé de place chez Prévost, elle était allée souper à la Maison Dorée dans un renfoncement où il ne l'avait pas découverte, et elle regagnait sa voiture.
Rémi !
Suis-nous !

!
Holà !
Ah !
Ce n'est rien,
n'ayez pas peur.
Surtout, ne me parlez pas,
ne me répondez que par signes
pour ne pas vous essouffler
encore davantage.

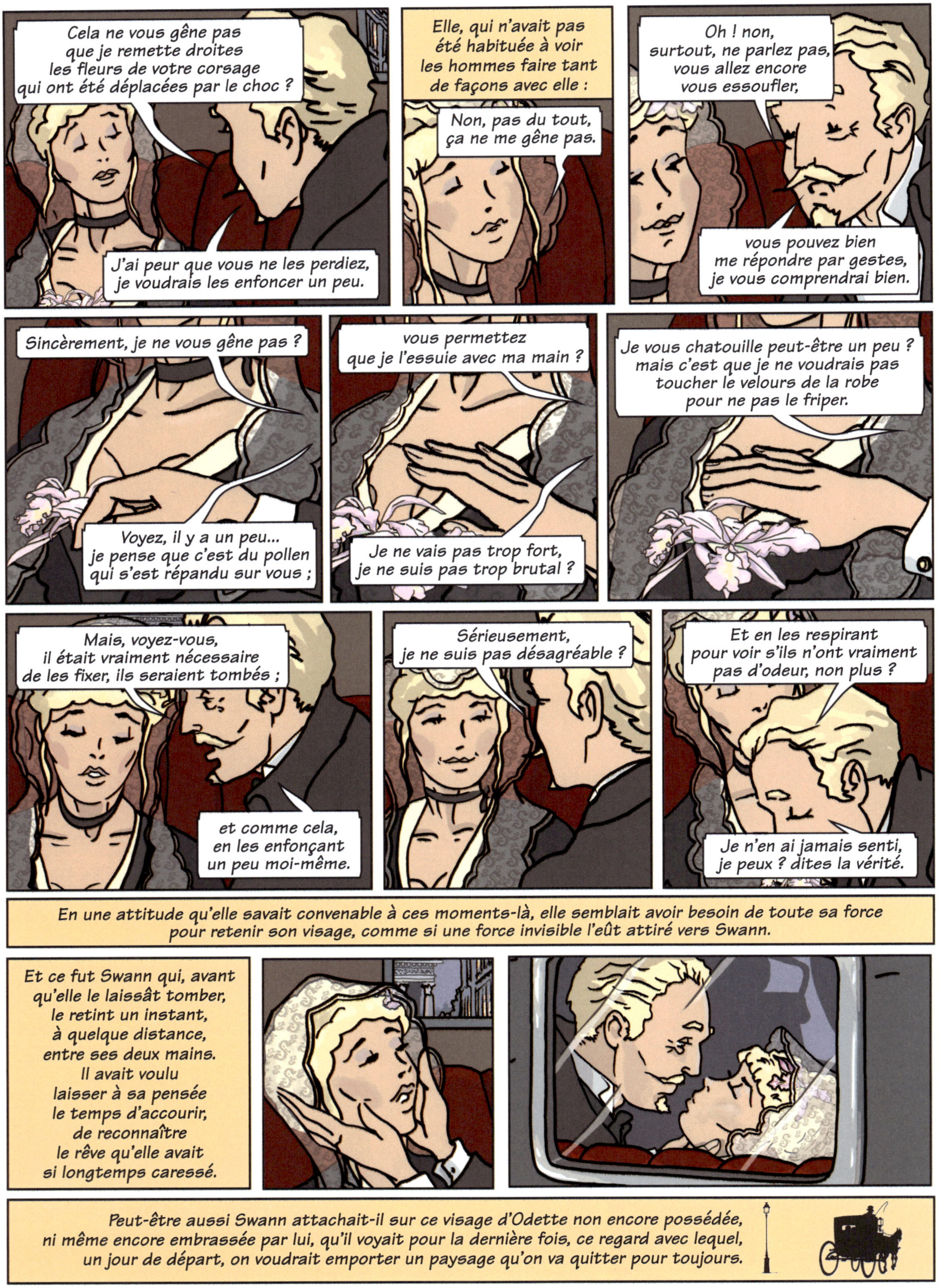
Cela ne vous gêne pas que je remette droites les fleurs de votre corsage qui ont été déplacées par le choc ?
J'ai peur que vous ne les perdiez, je voudrais les enfoncer un peu.
Elle, qui n'avait pas été habituée à voir les hommes faire tant de façons avec elle :
Non, pas du tout, ça ne me gêne pas.
Oh ! non, surtout, ne parlez pas, vous allez encore vous essoufler,
vous pouvez bien me répondre par gestes, je vous comprendrai bien.
Sincèrement, je ne vous gêne pas ?
Voyez, il y a un peu... je pense que c'est du pollen qui s'est répandu sur vous ;
vous permettez que je l'essuie avec ma main ?
Je ne vais pas trop fort, je ne suis pas trop brutal ?
Je vous chatouille peut-être un peu ? mais c'est que je ne voudrais pas toucher le velours de la robe pour ne pas le friper.
Mais, voyez-vous, il était vraiment nécessaire de les fixer, ils seraient tombés ;
et comme cela, en les enfonçant un peu moi-même.
Sérieusement, je ne suis pas désagréable ?
Et en les respirant pour voir s'ils n'ont vraiment pas d'odeur, non plus ?
Je n'en ai jamais senti, je peux ? dites la vérité.
En une attitude qu'elle savait convenable à ces moments-là, elle semblait avoir besoin de toute sa force pour retenir son visage, comme si une force invisible l'eût attiré vers Swann.
Et ce fut Swann qui, avant qu'elle le laissât tomber, le retint un instant, à quelque distance, entre ses deux mains. Il avait voulu laisser à sa pensée le temps d'accourir, de reconnaître le rêve qu'elle avait si longtemps caressé.
Peut-être aussi Swann attachait-il sur ce visage d'Odette non encore possédée, ni même encore embrassée par lui, qu'il voyait pour la dernière fois, ce regard avec lequel, un jour de départ, on voudrait emporter un paysage qu'on va quitter pour toujours.

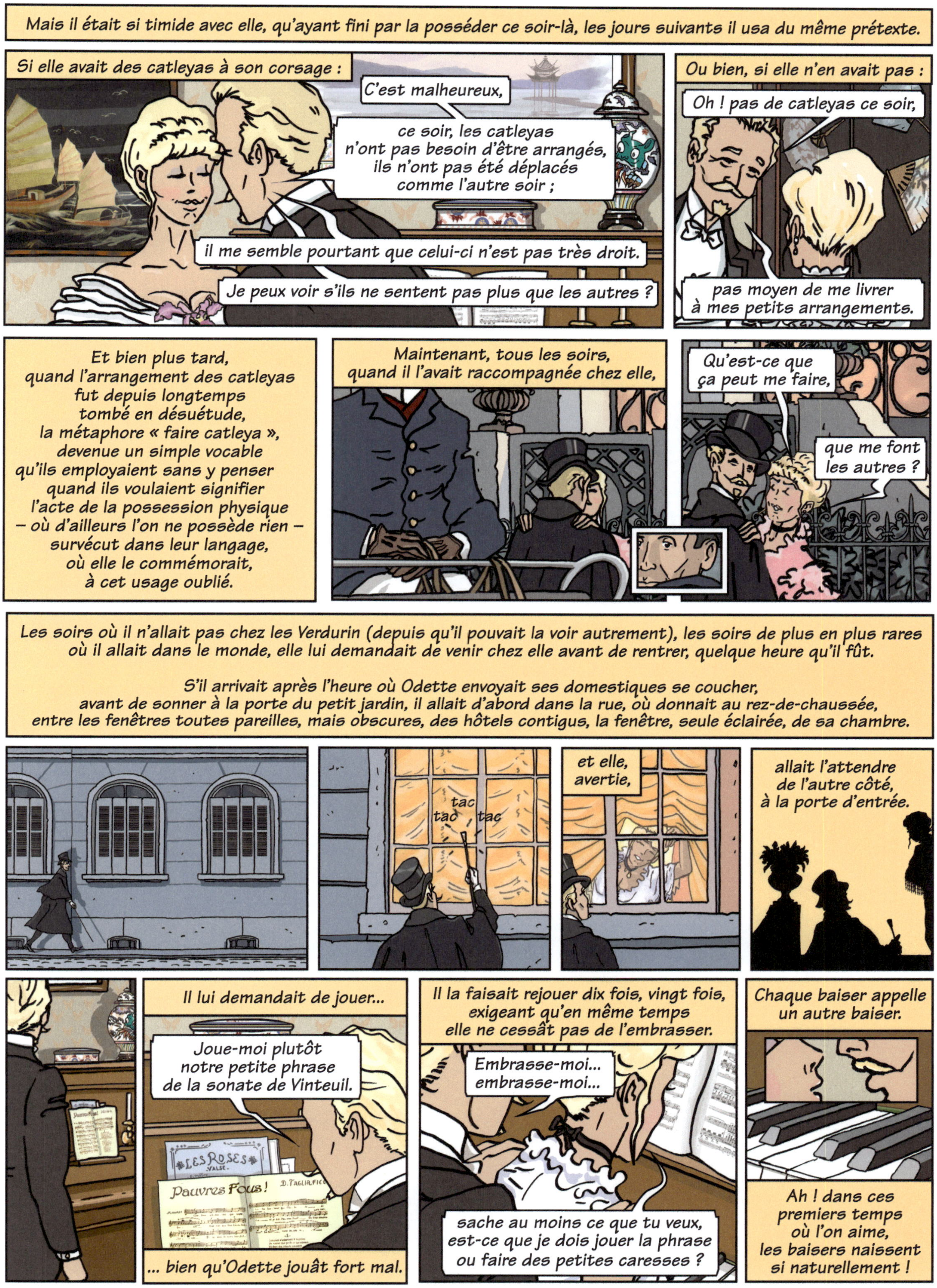
Mais il était si timide avec elle, qu'ayant fini par la posséder ce soir-là, les jours suivants il usa du même prétexte.
Si elle avait des catleyas à son corsage :
C'est malheureux,
ce soir, les catleyas n'ont pas besoin d'être arrangés, ils n'ont pas été déplacés comme l'autre soir ;
il me semble pourtant que celui-ci n'est pas très droit.
Je peux voir s'ils ne sentent pas plus que les autres ?
Ou bien, si elle n'en avait pas :
Oh ! pas de catleyas ce soir,
pas moyen de me livrer à mes petits arrangements.
Et bien plus tard, quand l'arrangement des catleyas fut depuis longtemps tombé en désuétude, la métaphore « faire catleya », devenue un simple vocable qu'ils employaient sans y penser quand ils voulaient signifier l'acte de la possession physique – où d'ailleurs l'on ne possède rien – survécut dans leur langage, où elle le commémorait, à cet usage oublié.
Maintenant, tous les soirs, quand il l'avait raccompagnée chez elle,
Qu'est-ce que ça peut me faire,
que me font les autres ?
Les soirs où il n'allait pas chez les Verdurin (depuis qu'il pouvait la voir autrement), les soirs de plus en plus rares où il allait dans le monde, elle lui demandait de venir chez elle avant de rentrer, quelque heure qu'il fût.
S'il arrivait après l'heure où Odette envoyait ses domestiques se coucher, avant de sonner à la porte du petit jardin, il allait d'abord dans la rue, où donnait au rez-de-chaussée, entre les fenêtres toutes pareilles, mais obscures, des hôtels contigus, la fenêtre, seule éclairée, de sa chambre.
tac tac tac
et elle, avertie,
allait l'attendre de l'autre côté, à la porte d'entrée.
Il lui demandait de jouer...
Joue-moi plutôt notre petite phrase de la sonate de Vinteuil.
LES ROSES
VALSE
Pauvres Fous !
D. TAGLIAFICO
... bien qu'Odette jouât fort mal.
Il la faisait rejouer dix fois, vingt fois, exigeant qu'en même temps elle ne cessât pas de l'embrasser.
Embrasse-moi... embrasse-moi...
sache au moins ce que tu veux, est-ce que je dois jouer la phrase ou faire des petites caresses ?
Chaque baiser appelle un autre baiser.
Ah ! dans ces premiers temps où l'on aime, les baisers naissent si naturellement !

Il n'allait chez elle que le soir, et il ne savait rien de l'emploi de son temps pendant le jour,
pas plus que de son passé,
au point qu'il lui manquait même ce petit renseignement initial qui,
en nous permettant de nous imaginer ce que nous ne savons pas, nous donne envie de le connaître.
Il souriait seulement quelquefois en pensant qu'il y a quelques années,
on lui avait parlé d'une femme qui devait certainement être elle, comme d'une fille, d'une femme entretenue, une de ces femmes auxquelles il attribuait encore le caractère entier, foncièrement pervers dont les dota longtemps l'imagination de certains romanciers. À un tel caractère il opposait celui d'Odette, bonne, naïve, éprise d'idéal...
... incapable de ne pas dire la vérité...
Certains jours, mais rares, elle venait chez lui dans l'après-midi.
Madame de Crécy est dans le petit salon.
La vie d'Odette pendant le reste du temps, comme il n'en connaissait rien, lui apparaissait avec son fond neutre et sans couleurs, semblable à ces feuilles d'études de Watteau, où on voit çà et là, à toutes les places, dans tous les sens, dessinés aux trois crayons sur le papier chamois, d'innombrables sourires.

Mais parfois, quelque ami lui décrivait la silhouette d'Odette, qu'il avait aperçue, montant à pied la rue d'Abbattucci, dans une « visite » garnie de skunks...
Ce simple croquis bouleversait Swann parce qu'il lui faisait tout d'un coup apercevoir qu'Odette avait une vie qui n'était pas tout entière à lui ;
Swann ne cherchait pas plus en musique qu'en littérature à corriger son mauvais goût. Il se rendait bien compte qu'elle n'était pas intelligente.
... ce Ver Meer de Delft, a-t-il souffert par une femme ? Est-ce une femme, qui l'a inspiré ?
Je crois bien, la poésie, naturellement, il n'y aurait rien de plus beau si c'était vrai, si les poètes pensaient tout ce qu'ils disent. Mais bien souvent il n'y a pas plus intéressé que ces gens-là.
J'en sais quelque chose, j'avais une amie qui a aimé une espèce de poète. Dans ses vers il ne parlait que de l'amour, du ciel, des étoiles. Ah ! ce qu'elle a été refaite !
Il lui a croqué plus de trois cent mille francs.
Si Swann cherchait à lui apprendre en quoi consistait la beauté artistique, au bout d'un instant, elle cessait d'écouter.
Elle s'émerveillait davantage de son indifférence à l'argent, de sa gentillesse pour chacun, de sa délicatesse.
C'est aussi du respect qu'inspirait à Odette la situation qu'avait Swann dans le monde, mais elle ne désirait pas qu'il cherchât à l'y faire recevoir. Peut-être craignait-elle que rien qu'en parlant d'elle il ne provoquât des révélations qu'elle redoutait.

Swann, s'il lisait dans un journal les noms des personnes qui se trouvaient à un dîner, pouvait dire immédiatement la nuance du chic de ce dîner, comme un lettré, à la simple lecture d'une phrase, apprécie exactement la qualité littéraire de son auteur. Mais Odette faisait partie des personnes qui ne possèdent pas ces notions.
Odette disait de quelqu'un :
Il ne va jamais que dans les endroits chics.
Qu'entends-tu par là ?
Mais les endroits chics, parbleu ! Si, à ton âge, il faut t'apprendre ce que c'est que les endroits chics, que veux-tu que je te dise, moi ? Par exemple, le dimanche matin, l'avenue de l'Impératrice,
... à cinq heures le tour du Lac, le jeudi l'Eden Théâtre,
le vendredi l'Hippodrome, les bals...
Mais quels bals ?
Mais les bals qu'on donne à Paris, les bals chics, je veux dire.
Tiens, Herbinger, tu sais ? mais si, tu dois savoir, c'est un des hommes les plus lancés de Paris, ce grand jeune homme blond qui est tellement snob. Eh bien il a donné un bal, l'autre soir, il y avait tout ce qu'il y a de chic à Paris.
Ce que j'aurais aimé y aller !
Mais Swann ne cherchait nullement à lui faire modifier cette conception du chic ; pensant que la sienne n'était pas plus vraie, était aussi sotte, dénuée d'importance.
Elle ne comprenait pas que Swann habitât l'hôtel du quai d'Orléans que, sans oser le lui avouer, elle trouvait indigne de lui.
Certes, elle avait la prétention d'aimer les « antiquités ».
J'adore passer toute une journée à « bibeloter », à chercher « du bric-à-brac »,
des choses « du temps ».
Elle parla une fois à Swann d'une amie qui l'avait invitée.
Chez elle, tout est « de l'époque ».
De laquelle ?
Après avoir réfléchi :
c'est « moyenâgeux ».
Elle entendait par là qu'il y avait des boiseries.
Il avait critiqué que l'amie d'Odette donnât dans le faux ancien :
Tu ne voudrais pas qu'elle vécût comme toi au milieu de meubles cassés et de tapis usés.
le respect humain de la bourgeoisie l'emportant encore chez elle sur le dilettantisme de la cocotte.
Comme la vue de Swann était un peu basse :
Il n'y a pas à dire, ça a beaucoup de chic ! tu as l'air d'un vrai gentleman.
Il ne te manque qu'un titre !
Il aimait qu'Odette fût ainsi, de même que s'il avait été épris d'une Bretonne, il aurait été heureux de la voir en coiffe et de lui entendre dire qu'elle croyait aux revenants.

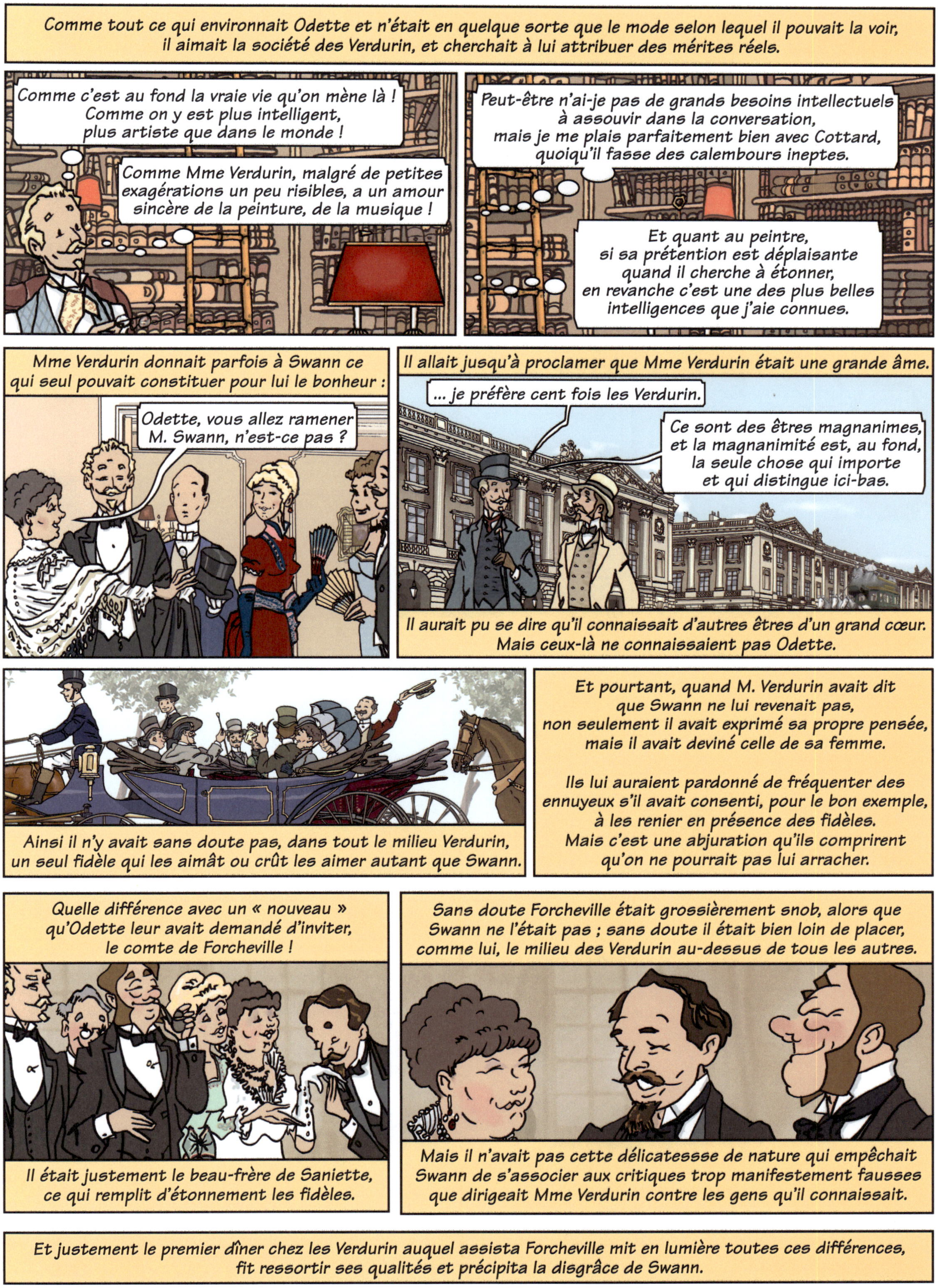
Comme tout ce qui environnait Odette et n'était en quelque sorte que le mode selon lequel il pouvait la voir, il aimait la société des Verdurin, et cherchait à lui attribuer des mérites réels.
Comme c'est au fond la vraie vie qu'on mène là ! Comme on y est plus intelligent, plus artiste que dans le monde !
Comme Mme Verdurin, malgré de petites exagérations un peu risibles, a un amour sincère de la peinture, de la musique !
Peut-être n'ai-je pas de grands besoins intellectuels à assouvir dans la conversation, mais je me plais parfaitement bien avec Cottard, quoiqu'il fasse des calembours ineptes.
Et quant au peintre, si sa prétention est déplaisante quand il cherche à étonner, en revanche c'est une des plus belles intelligences que j'aie connues.
Mme Verdurin donnait parfois à Swann ce qui seul pouvait constituer pour lui le bonheur :
Odette, vous allez ramener M. Swann, n'est-ce pas ?
Il allait jusqu'à proclamer que Mme Verdurin était une grande âme.
... je préfère cent fois les Verdurin.
Ce sont des êtres magnanimes, et la magnanimité est, au fond, la seule chose qui importe et qui distingue ici-bas.
Il aurait pu se dire qu'il connaissait d'autres êtres d'un grand cœur. Mais ceux-là ne connaissaient pas Odette.
Ainsi il n'y avait sans doute pas, dans tout le milieu Verdurin, un seul fidèle qui les aimât ou crût les aimer autant que Swann.
Et pourtant, quand M. Verdurin avait dit que Swann ne lui revenait pas, non seulement il avait exprimé sa propre pensée, mais il avait deviné celle de sa femme.
Ils lui auraient pardonné de fréquenter des ennuyeux s'il avait consenti, pour le bon exemple, à les renier en présence des fidèles. Mais c'est une abjuration qu'ils comprirent qu'on ne pourrait pas lui arracher.
Quelle différence avec un « nouveau » qu'Odette leur avait demandé d'inviter, le comte de Forcheville !
Il était justement le beau-frère de Saniette, ce qui remplit d'étonnement les fidèles.
Sans doute Forcheville était grossièrement snob, alors que Swann ne l'était pas ; sans doute il était bien loin de placer, comme lui, le milieu des Verdurin au-dessus de tous les autres.
Mais il n'avait pas cette délicatessse de nature qui empêchait Swann de s'associer aux critiques trop manifestement fausses que dirigeait Mme Verdurin contre les gens qu'il connaissait.
Et justement le premier dîner chez les Verdurin auquel assista Forcheville mit en lumière toutes ces différences, fit ressortir ses qualités et précipita la disgrâce de Swann.

Il y avait à ce dîner, en dehors des habitués, un professeur de la Sorbonne, Brichot, qui avait rencontré M. et Mme Verdurin aux eaux.
Il affectait, chez Mme Verdurin, de chercher ses comparaisons dans ce qu'il y avait de plus actuel quand il parlait de philosophie et d'histoire.
C'est original, cette robe blanche.
blanche ? Blanche de Castille ?
Qu'est-ce que vous dites d'un savant comme cela ?
Il n'y a pas moyen de causer sérieusement deux minutes avec lui.
Est-ce que vous leur en dites comme cela, à votre hôpital ?
Ça ne doit pas être ennuyeux tous les jours, alors. Je vois qu'il va falloir que je demande à m'y faire admettre.
Je crois avoir entendu que le docteur parlait de cette vieille chipie de Blanche de Castille, si j'ose m'exprimer ainsi.
N'est-il pas vrai, madame ?
Pouf... ... pouf... ... pouf...
Mon Dieu, madame, je ne voudrais pas alarmer les âmes respectueuses s'il y en a autour de cette table, sub rosa... Je reconnais d'ailleurs que notre ineffable république athénienne – ô combien – pourrait honorer en cette Capétienne obscurantiste le premier des préfets de police à poigne.
Si fait, mon cher hôte, si fait.
La Chronique de Saint-Denis dont nous ne pouvons contester la sûreté d'information ne laisse aucun doute à cet égard.
Avec elle chacun en prenait pour son grade.

Quel est ce monsieur ? il a l'air d'être de première force.
Comment, vous ne connaissez pas le fameux Brichot ? il est célèbre dans toute l'Europe.
Ah ! c'est Bréchot, vous m'en direz tant.
C'est toujours intéressant de dîner avec un homme en vue. Mais dites-moi, vous nous invitez là des convives de choix. On ne s'ennuie pas chez vous.
Oh ! vous savez, ce qu'il y a surtout, c'est qu'ils se sentent en confiance. Ainsi Brichot, ce soir, ce n'est rien : je l'ai vu, vous savez, chez moi, éblouissant, à se mettre à genoux devant ;
eh bien ! chez les autres, ce n'est plus le même homme, il n'a plus d'esprit, il faut lui arracher les mots, il est même ennuyeux.
C'est curieux !
Swann ne put trouver les plaisanteries de Brichot que pédantesques, vulgaires et grasses à écœurer.
Peut-être avait-il surtout perdu, ce soir-là, de son indulgence, en voyant l'amabilité que Mme Verdurin déployait pour ce Forcheville qu'Odette avait eu la singulière idée d'amener.
... comme vous le savez, la mère de Blanche de Castille a été avec Henri Plantagenet des années avant de l'épouser.
N'est-ce pas, monsieur Swann ?
Qu'on veuille bien m'excuser de m'intéresser si peu à Blanche de Castille...
?
... mais je voudrais plutôt demander à monsieur Biche quelque chose à propos d'un de ses confrères,
ce peintre, mort récemment, et qu'on expose en ce moment.

Monsieur Biche, puisque vous êtes allé visiter cette exposition, j'aimerais que vous me disiez si vraiment, il y a dans ces dernières œuvres, plus que cette virtuosité qui stupéfiait déjà dans les précédentes.
À ce point de vue-là, c'était extraordinaire, mais cela ne me semblait pas d'un art, comme on dit, très « élevé ».
Élevé... à la hauteur d'une institution !
Quand je vous disais qu'on ne peut pas garder son sérieux avec lui. Au moment où on s'y attend le moins, il vous sort une calembredaine.
Mais le peintre au lieu de répondre d'une façon intéressante, ce qu'il eût probablement fait s'il eût été seul avec lui, préféra se faire admirer des convives.
Je me suis approché pour voir comment c'était fait, j'ai mis le nez dessus.
Ah ! bien ouiche ! on ne pourrait pas dire si c'est fait avec de la colle, avec du rubis,
avec du savon,
avec du bronze,
avec du soleil, avec du caca !
... Et un font douze !
Ça a l'air fait avec rien, pas plus moyen de découvrir le truc que dans La Ronde ou Les Régentes et c'est encore plus fort comme patte que Rembrandt et que Hals.
Oooooh !...
Tout y est, mais non, je vous jure.
Ça sent bon, ça vous prend la tête, ça vous coupe la respiration, ça vous fait des chatouilles, et pas mèche de savoir avec quoi c'est fait,
c'en est sorcier, c'est de la rouerie, c'est du miracle :
c'en est malhonnête !
Et c'est si loyal !
Ce qu'il m'amuse quand il s'emballe comme ça !
Mais non, c'est pas de la blague, vous avez l'air de croire que je fais le boniment, que c'est du chiqué ; je vous y mènerai voir, vous direz si j'ai exagéré, je vous fiche mon billet que vous revenez plus emballée que moi !

Je n'ai pas vu souvent tenir le crachoir avec une pareille dextérité, comme nous disions au régiment, où pourtant j'avais un camarade que justement Monsieur me rappelait un peu.
Du reste Swann était dans le même régiment ; il a dû le connaître.
Vous voyez souvent M. Swann ?
Mais non.
N'est-ce pas, Swann ? je ne vous vois jamais.
D'ailleurs, comment faire pour le voir ?
Cet animal-là est toujours fourré chez les La Trémoïlle, chez les Laumes, chez tout ça !...
Imputation d'autant plus fausse d'ailleurs que depuis un an Swann n'allait plus guère que chez les Verdurin.
M. Verdurin, craignant la pénible impression que ces noms d'« ennuyeux » avaient dû produire sur sa femme, jeta sur elle à la dérobée un regard plein de sollicitude.
Il ne faut pas être dégoûté pour aller chez ces gens-là,
La femme est toujours ivre, et le mari si ignorant qu'il dit collidor pour corridor.
On me paierait bien cher que je ne laisserais pas entrer ça chez moi.
Ce qui m'étonne, c'est qu'ils trouvent encore des personnes qui consentent à leur causer !
Dame, c'est une duchesse ; il y a des gens que ça impressionne encore.
Grand bien leur fasse !
M. Verdurin, continuant à jeter sur sa femme des regards furtifs, comprenait trop bien qu'elle éprouvait la colère d'un grand inquisiteur qui ne parvient pas à extirper l'hérésie.
Dites donc franchement votre pensée, nous n'irons pas le leur répéter.
Mais ce n'est pas du tout par peur de la duchesse. Je vous assure que tout le monde aime aller chez elle.
Je ne vous dis pas qu'elle soit « profonde » mais, très sincèrement, elle est intelligente et son mari est un véritable lettré.
Ce sont des gens charmants.
Trouvez-le si vous voulez, mais du moins
ne nous le dites pas.

Elle n'a pas dû être mal, Mme Verdurin. Évidemment elle commence à avoir un peu de bouteille. Mais Mme de Crécy, voilà une petite femme qui a l'air intelligente, ah ! saperlipopette, on voit tout de suite qu'elle a l'œil américain, celle-là !
Nous parlons de Mme de Crécy. Je me figure que comme corps de femme...
J'aimerais mieux l'avoir dans mon lit que le tonnerre.
Il faut que j'aille entretenir un instant le duc d'Aumale.
Voyons, enlève donc ta pipe de ta bouche, tu vois bien que tu vas t'étouffer à te retenir de rire comme ça.
Quel homme charmant que votre mari, il a de l'esprit comme quatre.
Merci, madame. Un vieux troupier comme moi ça ne refuse jamais la goutte.
M. de Forcheville trouve Odette charmante.
Mais justement elle voudrait déjeuner une fois avec vous.
Nous allons combiner ça, mais il ne faut pas que Swann le sache.
Vous savez, il met un peu de froid.
Je vais jouer la phrase de la Sonate pour M. Swann.

Tout le monde se retira fort tard.
Nous avons eu « un » Brichot incomparable, d'une éloquence ! N'est-ce pas, monsieur Swann ?
Je crois que c'est la première fois que vous vous rencontriez avec lui. N'est-ce pas, il a été délicieux ?
Non ? il ne vous a pas intéressé ?
Mais si, Madame, beaucoup, j'ai été ravi.
Il est peut-être un peu péremptoire et un peu jovial pour mon goût. Je lui voudrais parfois un peu d'hésitations et de douceur, mais on sent qu'il sait tant de choses et il a l'air d'un bien brave homme.
J'ai rarement vu Mme Verdurin aussi en verve que ce soir.
Qu'est-ce que c'est exactement que cette Mme Verdurin ? Un demi-castor ?
Tu viens, Odette ?
J'entre aussi ?
Bien entendu.
As-tu remarqué comme Swann a ri d'un rire niais quand nous avons parlé de Mme La Trémoïlle ?
« La Duchesse », comme dit Swann.
Je te dirai que je l'ai trouvé extrêmement bête.
Elle avait remarqué que devant ce nom Swann et Forcheville avaient plusieurs fois supprimé la particule.
Il n'est pas franc, c'est un monsieur cauteleux, toujours entre le zist et le zest. Quelle différence avec Forcheville ! Du reste, Odette a l'air de préférer joliment le Forcheville, et je lui donne raison.
Et puis enfin, puisque Swann veut nous la faire à l'homme du monde, au champion des duchesses, au moins l'autre a son titre ; il est toujours comte de Forcheville.
Je te dirai qu'il a cru devoir lancer contre Brichot quelques insinuations venimeuses et assez ridicules. C'était une manière de nous atteindre, de bêcher notre dîner.
On sent le bon petit camarade qui vous débinera en sortant.
Mais je te l'ai dit, c'est le raté, le petit individu envieux de tout ce qui est un peu grand.
En réalité il n'y avait pas un fidèle qui ne fût plus malveillant que Swann ; mais tous ils avaient la précaution d'assaisonner leurs médisances d'une petite pointe d'émotion et de cordialité.
Swann ignorait encore la disgrâce dont il était menacé chez les Verdurin et continuait à voir leurs ridicules en beau, au travers de son amour.

Le soir, quand il ne restait pas chez lui à attendre l'heure de retrouver Odette chez les Verdurin ou plutôt dans un des restaurants d'été qu'ils affectionnaient au Bois et surtout à Saint-Cloud,
il allait dîner dans quelqu'une de ces maisons élégantes dont il était jadis le convive habituel.
Se sentant souffrant et triste depuis quelque temps, surtout depuis qu'Odette avait présenté Forcheville aux Verdurin, Swann aurait aimé aller se reposer un peu à la campagne. Mais il n'aurait pas eu le courage de quitter Paris un seul jour pendant qu'Odette y était.
L'air était chaud.
Ce qui était sans cesse devant ses yeux, c'était un parc qu'il possédait près de Combray...
Après dîner, il partait si vite qu'une fois, la princesse des Laumes, chez qui on avait dîné tard,
et que Swann avait quittée avant qu'on servît le café pour rejoindre les Verdurin dans l'île du Bois :
Vraiment, si Swann avait trente ans de plus et une maladie de la vessie, on l'excuserait de filer ainsi.
Mais tout de même il se moque du monde.
CHALET DES ILES
G.FRONTIN
Il se disait que le charme du printemps qu'il ne pouvait pas aller goûter à Combray, il le trouverait du moins dans l'île des Cygnes ou à Saint-Cloud.

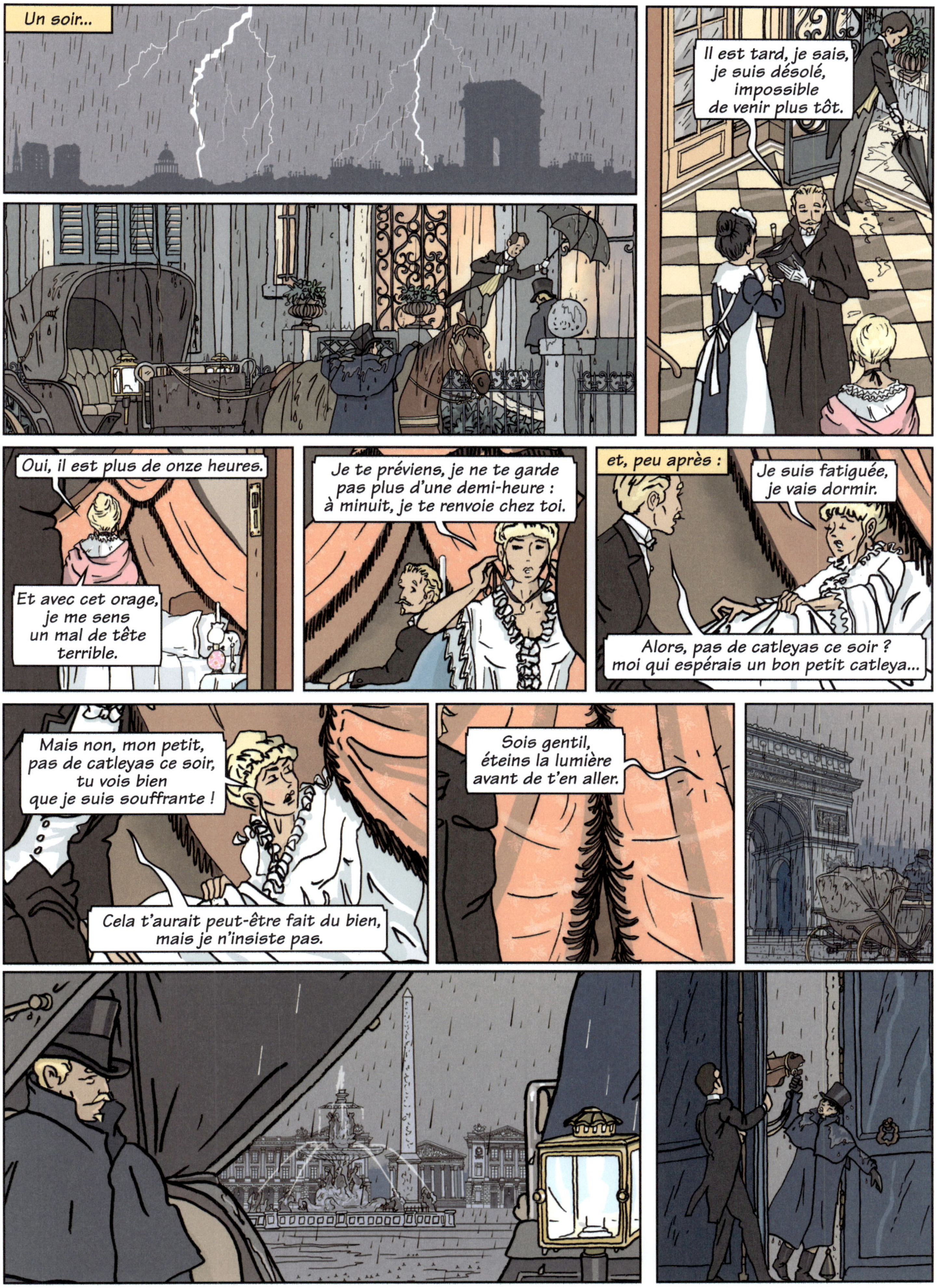
Un soir...
Il est tard, je sais, je suis désolé, impossible de venir plus tôt.
Oui, il est plus de onze heures.
Et avec cet orage, je me sens un mal de tête terrible.
Je te préviens, je ne te garde pas plus d'une demi-heure : à minuit, je te renvoie chez toi.
et, peu après :
Je suis fatiguée, je vais dormir.
Alors, pas de catleyas ce soir ? moi qui espérais un bon petit catleya...
Mais non, mon petit, pas de catleyas ce soir, tu vois bien que je suis souffrante !
Cela t'aurait peut-être fait du bien, mais je n'insiste pas.
Sois gentil, éteins la lumière avant de t'en aller.

L'idée lui vint brusquement que peut-être Odette attendait quelqu'un ce soir, qu'elle avait seulement simulé la fatigue, qu'aussitôt qu'il avait été parti, elle avait rallumé, et fait entrer celui qui devait passer la nuit auprès d'elle.
Il y avait à peu près une heure et demie qu'il l'avait quittée.

à suivre...

ECOLE de NATATION du TERRAIN